# 두 번째 풍경

## 정양숙 시집

새미

# 작가의 말*

푸른 바다는 꿈속의 풍경인걸
대책 없이 분주한 저 도시갈매기들은 알고 있을까

영원한 원색
빛과 그늘의 여정 속에 각인된
포토그래픽 메모리들

불면의 밤
냉기를 차단하는 부드럽고 포근한 담요자락 같은
한 줄기 따스한 영혼의 메아리가
오래된 피로의 체중을 치료한다

겨울이 오고 연이어 새봄이 오고
한 여름 볕에도 그늘지던 구석방에
마침내 가득한 햇빛!

# 차례 ✽

## 2부 _ 두 번째 풍경

# 3부 _ 꽃그늘의 평화

■해설 | 유성호    자연 서정과 자기 기원의 탐색

－정양숙의 시 세계－

1부

# 간 이 역

# 메마른 사막에도 숲은 우거지고

빙 둘러선 수묵화 빛 능선이 동양화를 그리는
허허벌판 한 모퉁이
사철 직사광선 줄기차게 내리꽂는 마을에
초록 빛이 다부지다
비도 눈도 구름도 외면한 지대에
강한 햇살
단비 같은 밤이슬
인공적인 물보라가
싱그러운 녹색 옷을 두텁게 입혀 놓았다

집보다 많아지고 커진 나무
푸른 숲에서 숨바꼭질하는 지붕들을 정겹게 품고
사람들은 한결 같은 나무사랑
나무들은 시원한 그늘로 기꺼이 보답하며
서로 의지한다.

# 저녁 7시

흰 꽃송이 올망졸망 키 작은 장미그루마다
조르르 다정하게 깜빡이는 노란 네온 불빛들
앙증스런 아기 공주의 눈망울처럼 초롱초롱
흰 레이스옷자락의 금빛 리본처럼 반짝반짝

오만한 키다리 야자나무
고흐가 사랑했던 멋스런 사이프러스 꼭대기
옅푸른 하늘에 사르르 녹아있는 분홍구름
썰렁한 저녁하늘을 포근하게 채색하네.

# 책 읽는 여인

불쌍한 사랑에게
보랏빛 쑥부쟁이 한 다발 던져주고
손은 흔들지 않았다

길게 두고 조금씩 눈물이 삭혀지는 동안
날마다 더 기억되는 동안
왜 사는지 모른다는 생각처럼 힘 빠지게

며칠 못 본 넓은 집에 사는 독거노인의
단정하게 책 읽는 모습이
정돈된 화폭처럼
낮은 창문너머로 얼핏 보인다
시든 꽃잎같이 구겨지고 먼지 낀
일상의 빨래질을 마무리하는 건조기가
따다닥 따다닥 돌아가기 시작했다.

# 겨울 비와 겨울 달

한겨울에 눈 대신 비가 오시네
오매불망 기다리던 빗소리
한해 만에 들려오는 촉촉한 빗소리
며칠 낮 밤 주룩주룩 주르륵
조갈 들린 나무들은 기지개 쭉쭉
남루한 잡풀들도 쫑긋쫑긋
간난하던 산천엔 시시각각 연두 물감 고와라

삐쩍 여윈 겨울나무 언저리 파란 풀숲에서
가을밤인양 처량하게 울어대는 풀벌레들
적체됐던 잡동사니 생각들이 썰물처럼 빠진 건지
본래부터 텅 빈 건지 헷갈리는
마음의 빈자리에
서늘하게 스며드는 맑은 달빛
해무 개인 수평선의 핏빛 노을
폐기 못한 추억 보따리를 풀어 통증을 일으키고
대도시의 밤을 다채롭게 수놓은 오색불빛은
부드럽고 미세한 떨림으로 가물가물
고뇌와 환희의 합주곡을 연주한다.

# 풀꽃

꽃아
넓디 넓은 들판에 사는
좁쌀처럼 소심한 풀꽃아

꽃아
점처럼 작은 너의 얼굴
돋보일 수 없어
빛깔로 말하는 꽃아

꽃아
섬세한 풀잎 칸칸이
발갛게 어여쁜 분홍 구슬페미야
쪼끄만 볼에 몰래 연지까지 칠했네
순진한 듯 요염한 풀꽃.

# 이 향기는 어디서 오는가

이 길
때로는 달팽이같이 발길 처지고
더러는 산토끼마냥 발걸음 가벼운
이 저녁 길

어제까지 안보이던
꽃잎이 흐드러지고
기척 없이 왕성한 열매로 가지가 휘어지고
활활 타는 서녘놀이 통 유리창에 순금 커튼을 치네

이 향기는 또 어디서 오는가
영원에서?
천상에서?
죽어서라도 이루고 말 사랑에서?
되는대로 얼크러진 등나무 담장 너머에서?

가던 걸음 멈추고
머뭇대네
두리번거리네.

# 뿌리


오랫동안 안 만나도
수십 년을 못 봐도


높은 담벼락을 옹골차게 기는 담쟁이 넝쿨처럼
시간을 독촉하는 벽시계의 숨가쁜 초침소리처럼


눈앞에서 나날을 흘려 보내는 동안
도화송이 같던 딸이
시든 박꽃 같은 늙은 어미의 형상을 닮아가고
잘생긴 소나무같이 늠름하던 아들은
흑백사진 속 덤덤한 아비의 모습을 되살린다
군살 늘어진 뺨에는
보이지 않던 어미의 광대뼈가 살아난다


쉬지 않고 끊임없이.

# 한낮

산에는
노오란 열무 꽃 길

도시엔
왕꽃그림자 줄지어 그려놓는 야자수길

마음엔
물소리 들리지 않는 광야길.

# 벚꽃 지던 날

해저녁 피로감이 번져있는 노상전철역
덜컹덜컹 달려와 습관처럼 멈춰 섰던 전철이
서서히 움직였다
순색의 젊음이 어색하도록 진지한 눈빛이
차창 밖의 여자를 붙잡을수록
휑한 역에 목석이 된 그녀는
아무것도 바라보지 않았다
애석하게 꺾인 사랑의 봉오리를 대신 할 꽃은
다시 없을 것이었다.

# 가벼워지기. 4

불확실한 날들에 걸어 놓은
못미더운 희망과
외골수로 선택하고
미욱하게 집착하던 날들의
절망스럽던 동문서답들

가고 가도 메마른 길
풍운처럼 자유로운 영혼을 갈망했으나
현실과 이상은 원수처럼 할퀴고 등돌리고
사람냄새 나지 않는 사람들은
멧돼지보다 사납고 꽹과리처럼 시끄러웠네

재연하고 싶지 않은 3막 인생 코미디
일생일회인 것을 감사하노라
이 땅이 본향이 아닌 것을 기뻐하노라
웃음이여 눈물이여 이후로는
이끼 덮인 영혼의 심연을 흔들지 말라.

# 여름이 가는 소리

여러 번 바뀌다가 최종으로 고정된
내 컴퓨터 바탕화면은

푸른 산중턱에 둥글고 하얀 천문대가 우뚝하고
구불구불 비탈진 숲 아래서 시작된
넓고 번화한 도시가
긴 가로선을 그으며 끝나는 곳에
하늘과 태평양이 맞닿아 있다

아득한 안개 바다 저 너머에
사랑하는 어머니의 대지가 있고
같은 뿌리 형제들이 지는 해처럼 늙어가리라
한여름의 장마와 폭서와 열대야가 한창일 그곳
짙푸른 잎새 울창한 아카시아 숲에선
가는 여름 서러운 쓰르라미떼 애끓는 합창소리
밤나무산기슭에 서늘하게 퍼지겠지
휘적휘적 하산 길의 공허한 마음 하나
시린 귀 기울이겠지.

# 가을 연인

마른 참나무 장작처럼
뚝뚝하고 고지식한 어떤 중년 남자가
부스럭부스럭 단풍 지는 날
가을 들꽃 같은 여자를 우연히 만나
생전처음 잃어버린 마음의 갈피
어쩌자고

가을 가고 겨울이 가고
새 꽃 지고 잎 지고 다시 또 눈이 내려도
점점 더 무표정한 얼굴로
그 여자를 바라만 보다가

네가 내 인생에서 없어져 다시는 못 만나기 전에
내가 죽어서 잔디 덮인 흙이 되기 전에
내가 너를 얼마나 좋아하는지 아니?

# 목백일홍

팔구월은 목백일홍의 계절이다
작은 뜰에도 미술관 마당에도
길가에도 공원에도
분홍 보라 하양 빨강색 목백일홍이
은은하고 멋스런 정취를 뿜어낸다

여유로운 꽃 그늘의 평화
자연의 아름다움 앞에서면
잡다한 삶의 굴레가 슬며시 억압을 푼다

아름다운 것은 슬프다
슬픈 것은 선한 것이며
선한 것은 단순해지는 것이 아닐까
찌는 태양아래서도 목백일홍 꽃나무는
추억의 한 장면처럼 잠잠하다.

# 선한 열매

안녕하세요
무심한 행인에게
아담한 뜰을 손질하며 큰 소리로 인사하는
길가 집 중년 여자의
밝은 웃음이 그녀의 금발처럼 반짝인다
웬만한 누구라도
꽃밭에 서면 한폭의 멋진 풍경을 이루겠지만
예쁜 화초옆에서 활짝 웃는 저 얼굴보다
더 아름다운 것이 무엇일까

해맑은 웃음의 순한 향기와
심성 고운 축복의 말 한마디가
누군가의 하루를 잔잔한 평온으로 물들인다.

# 도시 갈매기

진종일 분주한 도시에도
계절의 순환은 조용히 진행된다
섣달 초순 흐린 창 밖의 모습은
저무는 해의 잿빛 우수가 어렴풋하다
넓은 주차장 허공과
운치 있게 줄지어 선 야자수 나무 위를
정신 없이 맴도는 바다 새들
광활한 바다에서
풍요에 익숙했던 바다 갈매기들의
길 잃은 날개 짓이 오늘따라 클로즈업되는 까닭은
쓸쓸한 세밑의 여운인가
오고 가도 어딘가가 또 그리운 방랑자의 동병상련인가
어쩌다가 평탄한 삶의 궤도를 이탈한 새떼들의
황망한 몸짓에 도시의 고단함이 묻어 있다
너무나도 익숙했던 곳
사랑했지만 행복인줄 몰랐던 곳
다시는 돌아가지 못할 푸른 바다를 향한
창백한 몸부림도 아랑곳없이
냉정한 도시에
어둠의 커튼이 서서히 무거워진다.

# 정향나무

해묵은 벽돌담장을 훌쩍 넘은
고목나무 자잘한 잎새 사이로
붉다 못해 시뻘건 노을 군데군데
뭉치거나 풀어져 있다
저 핏빛 붉음!
가슴이 먹먹하다
소름 돋듯 맺히는 이슬방울 방울
불타는 사르비아 화단으로 또르르 굴러간다
빨강은 복스런 색깔이죠
엷은 올리브색 주택의 진홍빛 현관문이 으쓱댔다
뜨거운 노을 색이 왜 늘 추울까?
닿지 않는 영역에 번져있는 붉은 노을 꽃
진눈깨비처럼 시리다

무슨 맛이 이래?
어떤 이는
맵고 쓰고 달고 상쾌하다는 그 맛을 비난했지만

다른 이는
알싸하게 혼란스런 마른 꽃봉오리에 매혹되었다
정향이라는 이름 때문인지 모른다
찬란한 노을 빛의 처연한 아름다움 같은.

## 초로

눈만 뜨면 바가지 박박 긁던
앙칼진 여인도
계곡에 쌓인 돌멩이처럼 덤덤해졌다

애주 애연 벗삼던
말 수 적은 사내도
흰 머리칼 성긴 할아버지 되었다.

# 초봄

아직 좀 춥긴 춥다
그래도 봄이라고
산비탈 바위 틈틈이 불긋불긋 꽃망울
제일 부지런한 진달래

약수터 다니는 게 운동 중엔 최고지
이름만 들어도 기운 나고 생기 돋는 봄
천하태평 두루뭉수리 아저씨는
약수물 한 짐 지고 여유로운 발걸음 저벅저벅
종알종알 수다쟁이 아줌마는
오톨도톨 망울 진 진달래 한 웅큼 들고 아장아장

나른한 황갈색 산야에
기척 없이 짙어가는 파랑물.

# 솔바람 소리

동녘의 시절은 순진무구했다
호젓하게 좁은 길과 단순한 시간 속의
온전한 행복
암녹색 수초 연못 개구리의
부족함도 부러움도 없는 완벽한 계절은
허망한 봄눈처럼 피고 졌다

어디론가 떠나야 했을 때
미지의 서편하늘을 막연히 바라 보았다
존재조차 알 수 없는 이상향을 갈망하기 시작했다
낡은 벽지에 매캐한 등잔불 그림자 출렁이던 밤
마른 수수밭을 떠돌던 바람소리처럼 헛헛하던 꿈은
무르익고 우거져 무지개 빛 날개를 번쩍였다

진이 빠지도록 찾아 헤맨 에덴은
오래 전에 찾았거나
영원히 이르지 못할 허구의 마을인지 모른다
오랜 소망의 항구였던 서쪽 부둣가에 동그마니 앉아
동쪽 소나무 산등성이
허허롭던 솔바람소리 듣고 있다.

## 불면

쨰깍대는 시계소리가 유난히 거슬리는 밤
커다란 여닫이 유리문에 걸린 두 개의 빛
거뭇한 가로수의 충충한 실루엣 사이로
왼쪽 문엔 새벽달
오른쪽 문엔 가로등이
온 밤을 깨어있는 인간을 안쓰럽게 지켜본다.

## 살구나무골. 2

사방 어디에도 살구나무는 보이지 않았다.
한때 살구나무가 자랐던 흔적도 없다.
사람들은 그 곳을 살구나무골이라고 불렀다.

살구나무골
그 곳은 세상물정 모르는 어린 새순 피고 자라던 곳
아직도 야산비탈 새하얀 찔레꽃 홀로 향기 뿜는 곳
야트막한 황토 능선 조선 솔나무 사이로 봄바람 일면
고운 햇빛 푸른 솔잎 반짝이며 춤추던 곳
읍으로 향한 높고 낮은 풀빛 언덕과
진달래꽃 불타는 초가집이 한 눈에 내려다 보이던 곳
옛 무덤가 검붉은 우단 할미꽃 군데군데 고개 숙이고
너른 금잔디 벌판에 떼 지은 장끼 까투리 장관을 이루던 곳
엄마 장바구니 속의 새 운동화와 빨간 골덴바지를 기대하며
저녁나절 돌아올 엄마를 오전부터 기다리던 곳

소녀도 떠나고 청년도 떠나고
늙은이는 온 곳으로 돌아가고
아이들은 태어나고
계절도 세월도 가고

동산 저 너머 고속도로 밑으로 사라진 황금들과

처음 보는 동네사람들 낯설디 낯설어

눈가의 서러운 물기 애써 참던 곳

힘든 일 두려운 길 지친 항해 도중에서

수없이 마음의 닻을 내리던

영원한 사랑의 품속

사람들은 지금도 그 곳을 살구나무골이라고 부른다.

# 금계국

매일매일 해 밝은 빛의 대지에는
흰 눈이 없는 대신 사시사철 꽃이 핀다
이 꽃이 지면 저 꽃이 피고
이름도 모르는 벼라 별 꽃들이 쉴새 없이
철도 없이 때도 없이 피고 진다

녹 빛이 한물간 겨울화단의
채도 높은 홍장미의 열정이 빛나는 골목 길과
나무뿌리가 헤집어 논 울퉁불퉁한 거리와
겨울잠 든 나팔꽃 울타리를 지나
먼지바람 한가로운 산길로 들어선다
비탈 길에 저 혼자 서둘러 핀 금계국 한 송이가
한들한들 춤춘다
무덥던 한 여름날의 수만 송이 금물결로 번져간다.

# 마음의 풍경화

못 말리는 시골태생 진짜 촌뜨기들은
촌구석에 사는 게 장땡인 것 같다
도시 생활의 수많은 편리함
다양함과 화려함도 시들하다
언제라도 마음의 풍경화는 시골 길로 이어진다

철 따라 색다른 옷 맘껏 차려 입는 산천
햇빛과 바람 맑은 곳
뾰족뾰족 침엽수림 관목덤불 아래
별볼일 없는 잡초뿐인 오솔길이 편하고
작은 풀꽃이라도 언뜻 보이면 행복하다

티없는 동심이 유영하던 늘 푸른 언덕
모래알 같은 시간 속에
슬픔은 쇠하고 기쁨만이.

# 간이역

누군가는 처음부터 외로운 별 아래 태어나는 것인지도 모른다.
소심하고 내성적이던 초등학교 저학년 때,
다른 애들은 뛰어 건너는 두줄 통나무 다리를
무서워 못 건너고 나 혼자만 다리 옆 얕은 개울바닥으로 건넜다.
논둑 길이 있는 동산아래 집에 살던 나는
밤이면 밖에 나갈 엄두를 못 내고 마당에 펴놓은 넓고 뻣뻣한
볏짚 멍석에 앉아 가깝고도 먼 곳에 모여 노는 친구들을
맥없이 바라보거나 밤하늘에 반짝이는 별떨기를 세어보곤 했다.
상심과 불안감과 생철 통에서 타고 있는
생쑥대 모깃불 냄새 같은 슬픔 따위가 많은 형제들 중에 나만
유독 초등학생 때부터 뒷머리에 새치가 하얗던 이유일 듯싶다.
외톨이라는 생각은 어린 나이가 감당하기 힘든 쓰라림이었다.
다행인 것은 울안의 눈부신 개살구나무 복숭아 산수유 골담초
해당화 그리고 예쁜 풀꽃들

사계절 아름다운 자연과 맑은 공기 속에
왕복 이십리길 학교를 걸어 다녔다.
열무 배추 무 깻잎 호박 마늘 같은 텃밭에 넘치는 야채와
부족한 쌀 대신 보리 수수 조 팥 동부 콩 호밀 섞인 잡곡밥과

고구마 옥수수 감자 쑥개떡과 다양한 산나물 식단이며
모내기 전 갈아엎은 물 논에 수두룩한 우렁이 동동 뜬 개구리밥
냇가나 도랑에 가재 붕어 미꾸라지 새뱅이 천지였다.

긴 가뭄 동안 넓은 모래밭이던 개울은 장마철 폭우로
흙탕물이 시시각각 무섭게 불었다.
낮은 지대 사람들은 미루나무 개울둑이 무너질까 봐 조바심치고
아침 등교길 아이들은 어른들과 손을 잡거나
등에 업혀서 홍수개울을 건넜다.

무더운 여름 밤 마을 사람들의 공동목욕탕이 되던 개울 가
무성한 풀섶에 벗어놓은 옷 사이에서는 개구리가 튀어나오고
가까운 간이역에 멈췄던 수여선 기차가 칙칙폭폭
흰 연기와 불빛을 뿜으며 여기저기 목욕하다 수줍게 웅크린
물속의 나신을 장난스럽게 비추며 지나가기도 했다.

추석 명절이면 가난한 가방이나 보따리에 자잘한 귀향선물을
정성껏 담아 들고 서울서 돌아온 피붙이들이
고향 달빛과 한적한 간이역의 빛 바랜 코스모스를 배경으로
한동안 못 보았던 부모 형제 처자들을 마음껏 얼싸안았다.

# 참꽃 장원

작은 영혼이 소름 돋게 행복했던 참꽃 장원
무수한 세월도 앗아갈 수 없는 마음의 낙원은
외로운 산골소녀가
해 돋는 동산에서 저녁 강가에 이르는 동안
쇠 심줄 권태를 견디는 기쁨의 진원지였다

겨울 잠이 덜 깬 푸석한 봄 동산에
희망처럼 생기를 불어넣던 진달래꽃
올해도 피었을까?
날아갈까 나무 밑에서 숨죽여 듣던
청량한 새소리는 여전히 오솔길에 울려 퍼질까?

아무래도
뒤안길의 진달래는 잊어야 하리라
큰 길 모퉁이 화원에 가서
햇빛 화창한 옛 동산의 분홍 진달래와
빛깔과 분위기를 빼닮은 꽃나무를 사왔다.

# 옹달샘

모래바람 날리는 돌산 밑
이름 모를 작은 옹달샘 하나
파릇파릇 돋은 풀 울타리 두르고
재잘재잘 즐거운 노래한다
한 방울 두 방울 섬세한 물줄기
깊은 골짜기를 메운 초목들 사이로
끊임없는 물길을 이어가며
수많은 생명을 살린다
태생적인 삭막한 환경 속에서
운 좋게 물가에 선
선택 받은 나무들은
만년 봄날인양 걱정 없이 자란다.

# 사랑의 고아

풀 냄새도 익어가던 아득한 여름
감자골 연녹색 저수지면의 깊은 고요였을까
불안이 앞산 위의 노을처럼 퍼지던 때였을까
풀꽃 들판 뛰놀던 철부지가
외로움의 빛깔이 회색인걸 안 것은
고아 아닌 고아인걸 인식한 때는.

# 새들의 충고

쉼 없이 흔들리는 나를
여전히 제자리에 세워두는 힘은
어머니의 강인한 기질을
얼마간 유전으로 받은 덕일 것이다
기다림은 견디기 힘든 무거움이다
이생의 염려와 갈등의 뿌리가
어느 순간
번개 치듯 나를 칭칭 감으면
거미줄에 꼼짝없이 갇힌 먹이 형상이다
내면의 혼돈에 웅크리거나 휘둘릴 때
와자지껄한 나뭇가지 새들이
승산 없는 전쟁을 그치라 한다.

# 야행동물의 고독

해마다 오월 중순이면
백 년도 더 된 어느 학교 뒷산 약수터 길에는
아카시아 숲이 눈부셨다
아! 이 꽃 향기 너무 좋지요?
낯 모르는 사람들이 꽃잎처럼 웃었다
달콤한 낙원의 체취, 아카시아 꽃잎이 떨어져
풀섶에 만들어 놓은 창백한 꽃 길과
희미한 꽃등이 드문드문 비밀스런 어둠을 비추듯
아련하고 묘한 정적
위로는 오래된 공동묘지로 이어지는 전설 같은 길을
겁 없는 야행동물처럼
어둔 저녁마다 찾아가던 나

가을 숲엔 갈잎과 마른풀이 새치처럼 늘어갔다
화려한 단풍 쇼가 한창인 떡갈나무 동산이 올려다 보이는
돌계단에 걸터앉으면
노란 은행잎이 뭉텅뭉텅 무너져 내리고
빈 마음을 통과한 선선한 갈바람이
낙엽을 굴리거나 휘저으며 사라졌다.

# 담쟁이 덩굴

산속 바위에 사는 담쟁이 덩굴은
엉금엉금 기는 줄기에
생각난 듯 띄엄띄엄 잎을 달고
조바심 없는 여백의 미가 빛나는데

욕심꾸러기 무성한 도시 담쟁이 덩굴은
담쟁이 전용 밭과
높은 나무나 넓은 담장도 부족했나
풀밭에 우뚝 선 멋쟁이 가로등을
몸통째 제멋대로 휘감아 올라
은은한 오렌지 빛 미소에
어룽어룽 잎사귀 올가미를 씌워 놓았다.

2부

두 번째 풍경

# 두 번째 풍경

뒤늦은 타향살이가 적막강산처럼 느껴지는 날
햇빛 고운 거리를 따라 걷는다
누군가 성의 없이 길가에 심은 어린 비파나무에
풀밭에 버려진 나뭇가지를 주워
작은 나무 지지대를 만들어 주기도 하면서
도심 속 공원마을에 다다른다

그 곳에 가면 고향과 타향의 경계가 애매해진다
여기저기 분수 물소리가 시냇물 소리를 이루고
도시까마귀가 떼지어 날고 다람쥐가 뛰논다
동네 초입 놀이터의 소소한 소음을 제외하면
사방으로 곧게 뻗은 가로수 길이
조용한 산골처럼 한가롭다

멋스러운 초목들의 건강한 품속에서
복잡한 감정을 조율하고
거칠어진 마음이 윤택해진다
삶의 긴장에서 일정거리를 벗어나는 시간은
잊어본 적 없는, 한 번도 이별한 적 없는
소나무 동산 양달말 생가에 돌아 온 기분이다.

# 잊혀진 시간

밤마다 꿈마다 오시는 이여
떠났지만
보내지 못한 이여
아직도 이곳이 그립습니까?

수십 번 달이 차고 기울도록
마음앓이 고된 날은
어김없이 오시는 이여
지금도 나를 생각하십니까?

그토록 잦던 발걸음 멈춰버린 이여
작금의 침묵은 끝 모를 휴식기의 시작인가요?
무정한 손길이 마지막 시든 국화를 뽑아버리듯
영영 잊혀졌습니까?

# 해당화 울타리의 기억

어머니는 고생덤터기 쓰고
수고하러 이 세상에 온 분 같았다
마을 씨름 장사였던 외조부의 기개를 이어받고
울밑과 뽕나무 밭 사이로 실도랑 흐르는 고향집
비탈진 울타리에 새빨갛던 해당화 꽃같이
성품 밝고 열정적인 산골여인이었다
가난과 환난으로 점철된 고단한 길을
묵묵히 일에 묻혀 강단으로 버티던 어머니의 땀냄새는
산길에 쓰러진 커다란 고목뿌리 냄새 같았다
어쩌다가 막걸리 한 탕기에 긴장이 풀린 날은
황진이의 '청산리 벽계수야'를 진지하고 구성지게 부르셨다
노래가사를 이해하셨는지는 알 수 없다
아궁이만 그슬릴 뿐 잘 타지 않는 생솔 가지 같은 생애
꾸역꾸역 눈물 나게 매운 연기 무릅쓰고
원망 불평 모르던 고지식쟁이는
오래 전에 하늘나라 주민이 되셨다.

# 뚜깔향기

그땐 전기불도 들어오지 않았다.
티브이는 물론이고 라디오도 제대로 없던 시절,
경기도의 한 촌구석 살구나무골의 겨울 해는 유난히 짧았다.
높은 산 밑에서 시작돼 동네 방앗간 앞을 지나는 개울은
읍내 한강물로 흘러 들었다.

강 건너 도기공장 굴뚝연기가 아름다운 풍경화를 이루었고
백사장 길을 돌아 가면 역사 깊은 유명사찰이 있다.
흰 눈 덮인 고즈넉한 사찰의 정적과 얼어붙은 강물
언제 들어도 애끓는 처마끝의 풍경소리는
세상의 소음과 보이지 않는 거리를 만들고 있었다.
군청이나 학교를 끼고 흘러가는 여강은
여름에는 홍수가 범람하고 큰 길엔 강바람이 심하고
겨울은 몹시 춥고 많은 눈이 내렸다.
봄부터 가을걷이가 끝날 때까지 진종일 논밭에서 사는
젊은 농군들은 하루 일을 끝내고 밤이면 한껏 멋을 내고
같은 동네나 이웃동네 처녀와 마을에서 꽤 먼 읍내 중심가에서
저녁에만 상영되는 흑백영화를 관람하는 일이 커다란 낙이고
유일한 문화생활이었다.

밖이 어둑어둑해지기 무섭게 이른 저녁 식사를 끝낸 농한기의
무료한 동네 젊은이들이 하나 둘 영재네 사랑방으로 모여들었다.
영재네는 우리 집과 토담 하나를 사이에 둔 바로 윗집이다.
그들은 홀아비 냄새 같은 독한 담배 냄새가 절은 허름한 사랑방
호롱불아래 모여 야식내기 화투를 치거나 가끔씩 유행가
를 부른다.
'가련다 떠나련다/ 어린 아들 손을 잡고/
감자 심고 수수 심는 두메산골 내 고향에……'
여기도 산골인데 또 어느 산골로 가자는 것일까?
밤마다 툭하면 들리는 이 구성진 노래 가락에선
볕 바른 고구마 밭 산기슭에 왕성하던 뚜깔냄새가 났다.

# 환상

물리적 거리에서 그리움이 움트는가
멀리 뵈는 자카란다 꽃나무 숲
아련한 보랏빛 추상
혼자 빛나는 자카란다 꽃나무는
나의 사랑이었다
되새김질 멈출 수 없는

알 수 없는 길을 더듬어
너에게로 가는 길
자갈밭을 지나고
물웅덩이 드문드문한 습지를 지나
소용돌이 치는 물을 건너고
잡목 언덕을 지나

시들거나 지는 일이 없을 것 같던
사랑스런 자카란다 꽃송이들이
맥없이 풀잎 위에 눕고 있다
외양에 못 미치는 꽃 냄새가 슬프다
평범한 너를 특별하게 바라보는 동안
내겐 평안이 없었다.

# 아침노을

누가 밤새도록 뒤뜰에 불을 켜뒀나
이른 아침 뒷마당에 화톳불을 지폈나
선명한 적황색 아침 창문 활짝 여니
휘황찬란 요동치는 빛의 비늘
붉은 놀 술렁이는 동녘하늘.

# 행복의 오솔길

비 그친 산길이나 들길을 나는 좋아한다
단비가 지나간 풀 냄새 싱싱한 길에는
시들어 죽어가는 갈증이 없다
말쑥한 파란 하늘과
깜깜한 회색구름 위로 한없이 번져나는 솜털 구름
거울처럼 투명해진 햇빛과 공기
사방에서 들리는 초목들의 기쁜 숨소리
묵은 먼지를 털어낸
풀잎이나 나뭇잎의 이슬방울은 더없이 영롱하고
굴속에서 뛰쳐나온 줄무늬다람쥐는 힘이 넘친다
자연이 주는 위안은 완벽하다.

# 늦은 시간

이제서야 만나는가?
왜
아무것도 걸린 것 없어
빈 방의 어둠 같은
고통스런 자유가 거추장스러울 때
그때
못 만나고

오르내림의 계단 중간에서
그대 다른 이의 손을 잡고
아프도록 고개 돌려
나를 바라보는가?

# 겨울 허수아비

봄 여름이 지나도록
아무도 사랑하지 않았다

홀로 이울어가는
감동 없는 영혼을 위한
신의 선물인양

기다리던 녹색광선 빛을 발하네
꿈꿔왔던 진실한 사랑 노래
굳게 닫힌 창문을 두드리네
잊혀진 빈들을 적시는 부드러운 단비로
무더위 길의 아름드리 나무 그늘로

늦여름 철
조용히 다가왔다가
노란 국화꽃잎의 서리처럼 스러진
참사랑의 기억으로
가을과 겨울을 채웠다.

# 꽃무늬 블라우스

하늘색 장미. 주홍해바라기. 노란 다알리아. 분홍 거베라
하얀 배꽃과 여러 잎사귀들이 알록달록 어울린
예쁜 블라우스를 화려한 산타 모니카 해변 상점에서 샀다
과한 색의 조화가 튀고 조금은 부담스럽지만
입으면 저절로 기쁘고 웃음이 난다
젊음의 광채만으로도 무채색 의상이 빛나던 시절이
누군들 없었으랴

무감동한 표정이 깃든 날에는 거울 앞에 서서
보기만 해도 즐거워지는 마법의 꽃무늬 옷을 입었다가 벗었다가.

# 세이지 향기

뒤란에 무성한 세이지 한 다발을 베어
그늘에 펴놓았다
손과 옷에 묻혀 방안까지 따라온
황홀한 세이지 향내
무덤덤한 마음에
후다닥 기쁨을 일깨우고
잊고 있던 미소를 되살린다

어디에나 향내가 있으면 악취도 있다
골치 아픈 악취에 질식하지 않는 이유는
신선한 향취의 압도적인 위력 때문이리라
빛살 흐드러진 꽃밭에
갑자기 날아든 현란한 날갯짓의 벌새가
이 꽃 저 꽃 파르르 파르르
향기로운 꿀을 번개같이 쪼아 먹고는
휑하니 날아간다.

# 야생의 지구

놀라운 야생의 지구
절대 개발 금지 지역 강가나 풀숲에
덩치 큰 들짐승들이 여유롭게 거니는
거대한 화산지대
유황으로 누렇게 변색된 대형바위 화산구에서
뿜어 나온 유황연기가 넓고 길다랗게 바람결에 퍼져간다
또 다른 곳에선 암반 밑의 펄펄 끓는 수증기를
규칙적인 간격으로 하늘높이 분출시킨다

숲 속이나 호숫가나
아름다운 코발트블루 웅덩이나
진흙웅덩이나 팥죽처럼 펄떡대는 웅덩이나
노랑 청동 쪽빛 흰빛 어우러진 추상화 웅덩이나
끓어 넘치는 용암들이
유황 냄새 나는 수증기를 끊임없이 피워 올린다
연기처럼 하얀 김이 이리저리 날리며
병든 짐승을 치유시키고
아픈 사람을 치료한다
살아있는 유황 안개가 끝없이 번져
여행객의 노독을 몰아낸다.

# 시온 산

보고 또 보아도
경이롭고 수려한 시온 산
태곳적 신비의 감동 앞에서면
문득 할말을 잊는다
무슨 말로
어떤 시와 노래로 감히 표현하랴
창조자의 숨결이 느껴지는 곳
웅장하고 기기묘묘한 사암 병풍 계곡을
천천히 돌아나갈 때
때맞춰 울려 퍼지는 천상의 노래
카치니의 아베마리아
신의 솜씨는 이토록 위대하고
예술은 보석처럼 아름다워라
겸허하고 간절한 기원
감동스런 찬미의 노래가
하얀 구름 위를 걷게 한다

'천국이다!'
웅대한 신의 정원에 빛나는
저 맑고 부드러운 오후의 햇살처럼
오염되지 않은
원시의 향취에 압도된다.

# 인디언의 고향

험준한 돌산을 평지처럼 내달리고
망망한 초원 위를 거침없이 말달리던
용맹스런 인디언은 전설이 되었건만
끝도 없이 우거진 인디언 쑥 벌판은
옛 님 그리워 미친 향기를 토하네
구불구불 따라오는 연둣빛 뱀강 저쪽
어미 가슴 닮은 만년설 쓴 두 산봉우리
이방인의 깊은 설움 묵묵히 품어주네.

# 쇠비름과 민들레

규칙적인 마름모꼴 총총한 시멘트 구멍과
선인장 화분에 납작 엎드린 쇠비름 줄기가
성깔 있는 표정으로 호시탐탐
엉성한 부추 밭을 넘보고 있다

그 옆의 노란 민들레도
뽀얀 홀씨로 동글동글
복스런 후손들을 비옥한 땅으로 데려다 줄
고마운 바람을 목 빼고 기다린다.

# 새벽달과 하얀 들풀

이른 가을저녁
뒤창문에 훤하던 열엿새달이
밤새도록 살금살금 지붕을 넘어와
새벽녘
대문 밖 수양버들 찰랑이는 잎 사이로
다소곳이 맑은 얼굴
나에게 말을 건다

향긋한 봄 뜨겁던 여름 지나
찬 바람에 노릇불긋 화려하던 가을 물결
어느새 고엽 되어 바스락바스락
푸르름이 스러진 석양 언덕에 정애비로 서 있네
어지럽던 총천연색너울들
너른 들판
잔바람에도 휘청대는 하얀 들풀 같아라.

# 달맞이꽃

늘 네가 머리에 떠올라
왜 이렇게 보구 싶은지 몰라
운명의 서곡이 가난한 영혼을 흔드네
이 아뜩한 슬픔
꿈에서나 이루어질 허깨비 사랑
처음부터 너는 저기, 언제나 나는 여기
너를 두른 들러리들이 떠나기를 바랬네
맹랑하게 바라던 때가 있었네

너는 나의 선한 사마리아인
내가 사람이라는 외로운 이름으로
불시착한 세상의 낯선 길 방황할 때
힘 돋우고 붙잡아 준 너
낮의 해바라기 밤의 달맞이꽃 되어
너만 바라볼 꺼야! 나를 위해 빌어줘
지친 해바라기 고개 숙일 때
노란 달맞이꽃 피어날 때.

# 영원한 우정

그리운 친구여!
묵은 책갈피 속 사진 한 장이
검게 사그라진 추억의 심지에 불을 붙인다
산천도 꿈도 여전히 젊은 사진 속 풍경은
봄빛처럼 우리들의 푸르던 날
티없는 우정의 형상과 색채를 고이 간직했구나
다정다감한 개나리 진달래 동산의 원초적 그리움으로
순박한 젊음, 사랑 품은 눈동자
분홍 솜사탕 빛 곱던 꿈만 애타도록 선명하게

내 맘속의 친구여!
내 진정한 친구여!
저녁놀 잔상이 남아있는 겨울나무 빈 둥지를 훑는
바람의 무게에도 체증이 일 것 같은 시간
우리 나그네길에 희미한 어스름 드리워도
슬퍼 말아라
묵은 잎을 말끔히 쳐낸 풀 향기 상큼한 잔디밭과
꿋꿋한 목련나무에 다닥다닥 암팡진 꽃눈들이

어김없이 다가올 봄을 믿어 의심치 않는 것처럼
끝까지 기대감을 지녀야겠다

꼬옥 팔짱 끼고 풋풋한 웃음짓는 영원의 한 순간처럼
변치 않는 우정의 염원으로
기약 없이 어긋난 우리의 발걸음은
어느 날 어디선가 서로에게 닿으리라.

# 봄 나그네

드넓은 미대륙 중서부의 평원을 온종일 달렸다
늦은 오후 도착한 전통 깊은 관광도시의 첫인상은
고색창연 소박하다
지역적인 긴 겨울 탓일까
연둣빛 새싹들이 오월 하순에 게으른 봄 잔치를 한다
초록융단 언덕과 부드러운 능선에 에워싸인 마을은
낡은 건물 양식이나 색채에도 급격한 변화를 거부하는
향토적인 자존감이 어려있다

고단한 길손들의 하룻밤 숙소인 아담한 산장호텔 주위로
제철 만난 라일락이 절정이었다
가볍게 흔들리는 창 밖 나뭇잎의 평화처럼
단순한 기법의 풍경화들로 치장된 긴 복도
세심하고 깔끔하게 정돈된 방의 푹신한 안락의자
오래된 양탄자 냄새
차분하고 예스런 분위기의 숙소에서
하루 밤의 숙면을 꿈꾸지만 왠지 잠을 설칠 것 같다
그 옛날 멋진 서부사나이로 명성 높던
남배우의 커다란 흑백사진이
침대 벽에서 음울하고 사려 깊은 시선으로 내려다본다.

# 아침햇살

번쩍번쩍 떠오르는 햇살을 받으니
밤을 밝힌 수많은 불빛들은 제 빛을 잃고
찬이슬 머금은 가녀린 잎새들이 금빛이 된다

경사진 지붕 위에 풀밭에
침침한 골목과 숲에
황금햇살 흐드러진 곳마다 어둠이 물러가듯

남을 이해할 수 있기를
나를 사랑할 수 있기를.

# 초원

파란 평원을 바람처럼 달려간다
하얀 감자 꽃과 샛노란 들꽃 군락지
높은 산봉우리 자유로운 흰구름떼
평화롭게 풀 뜯는 검은 소떼
은물결 굽이굽이 반짝이는 강변에서
뒹굴뒹굴 모래목욕 즐기는 육중한 버팔로
퉁명스런 검은 곰 밤색 곰도 어슬렁어슬렁
옹기종기 길섶에 모여 앉은 큰 사슴 가족
가도가도 이어지는 초록빛 시야
광활한 초록 숨결에 깃든 평화
윤기 잃은 영육에 활기가 돈다
먼지 일던 가슴에 녹색 강이 흐른다.

# 겨울 나그네

평범한 듯 부대끼는 나른한 일상
흩어졌던 사람들이 모이는
추수감사 명절에 고아처럼 여행을 떠났다
일행 중에 고향 땅에서 함께 해외나들이 온 두 여자
차분한 처녀와 유머 있는 중년 아줌마가 눈에 띄었다
향토 냄새 물씬 나는 그들은
여행 내내 가까운 거리에서 나의 시야를 흔들었다
망향의 시름을 빈번하게 확대시키거나
건조된 마음 결에 쩍쩍 아픈 금을 내면서

어디서나 쉽게 동화되던 두 여인이
들뜨고 휘황찬란한 환락가의 네온 불빛 아래서는
샤갈의 그림 속 인물처럼
비현실적인 표정과 모습으로 보이는 게 신기했다
떠들썩한 분위기 화려한 불빛아래서
조용한 미소로 응시하던
중년 여자가 느닷없이 질문했다
'외롭지 않으세요?'

# 올챙이와 악어

조그만 물웅덩이 올챙이처럼
맹하고 순하던 시골 아이들
해지는 줄 모르고 뛰놀던 놀이터
평화로운 터전을 휩쓰는
붉은 홍수 웬일인가

험한 세월
영문 모를 시련의 상함과 피곤함이여
만개한 개나리 꽃밭처럼 흔하던 웃음 잊혀졌네
굳은 표정 찬 그늘 낯설고 슬프도다

우스꽝스럽도록
상냥하던 개구쟁이 순둥이들아
초가집 아랫목 온기 같은
따듯한 정 예전만 못해도
깊은 늪지 포악한 악어는 되지 말지라
천방지축 행복하던
물 논의 올챙이들은 다 어디로 갔을까?

# 먹이사슬

우기의 평원
아름답고 풍요로운 초록 들판을
다정하게 거닐던 어미와 새끼가젤

섬뜩한 포식자의 기척에
어린 새끼 재빨리 풀숲에 숨기고
맹수의 관심을 자신에게 돌린 용감한 어미가젤
죽을 힘을 다해 타고난 달리기를 하지만
곧 포악한 침략자에게 힘없이 굴복한다

구사일생 살아남은 힘없는 피식자
바로 뒤 얼기설기 자란 잡목틈새로 노려보는
또 다른 추격자의 은밀한 눈빛도 모르고
어린 몸 변변히 피할 곳 없는 광활한 초원에
작은 점처럼 멈춰있다.

# 무허가 벌집

푸른 꽃 흐드러진 꿀풀 향기 잔치에
때맞춰 우르르 날아온 벌떼들
신바람에 잉잉대며 춤추며
온종일 꽃과 처마 밑을 들락날락
벌집을 짓고 있다
저녁 식탁 달콤한 꿀을 거저 준대도
거기는 안돼!
긴 빗자루로 기초 작업이 시작된 벌집을 떼어 낸
다음날이면 같은 자리에
조밀한 육각형의 집합이 둥글게 다시 붙는다
자꾸 쓸어내도 막무가내 계속되는 무허가 벌집 공사
짓고 헐기를 수일간
다섯 번 반복하다 집요한 고집을 버렸는지
꿀풀만 사랑한다.

# 빨간 고구마 노란 고구마


유명 고구마 산지인 내 고향
초등학생 계집애가 십리길을 터덜터덜 걸어
학교에서 집에 돌아오면
엄마와 찐 고구마만 있으면 되었다

가을이면 아버지가 컴컴한 윗방에
빨간 고구마 노란 고구마를 섞어 만든
산더미 같은 고구마 노적가리
그 많은 고구마는
가마솥 청솔가지 위에서 파삭하게 쪄지거나
눈 내리는 겨울 밤 질화로 속에서
느릿한 자장가처럼 고소한 군고구마 냄새를 풍겼다
무조건 좋은 엄마가 곁에 있고
밥보다 더 맛있는 고구마가 풍성했던
꽃 많고 눈 많은 농촌의 어린 시절
자연을 친구 삼은 시골아이의 행복은
봄 들녘 뻐꾸기 소리처럼 간단했다.

# 수퍼문

일년에 한번
달이 지구에 가장 가까이 온다는 밤
평소보다 훨씬 크고 환하다는
수퍼문을 설렘 속에 기다렸다

세월의 고갯마루 되넘어
청록색 잣나무 숲에 뜨던
바로 그 달빛이었으면
살을 에는 눈바람에 자지러지게 떨던 문풍지소리
창호지문밖엔 눈 쌓인 달빛세상
동화 속 설국을 이루었지
터울 잦은 형제들이 부챗살처럼 돌려 덮은
투박한 무명이불 사이로 으스스한 찬바람 드나들 때
엄마도 모르라고
봉당마루에 쪼그린 어린 꼬마가
가슴 두근거리며 애착하던 그 보름달빛이었으면

어둑한 하늘에 휘영청 떠오른 달님

보고 또 보고 우러러보다가

향기로운 달빛을 두 손 가득 담아 세수한다

마음의 찌든 먼지 말끔히 헹군다.

# 개고사리

꽃과 과일 채소며 온갖 무공해 식품이 빼곡한
건강 식품 매장은 돌아만 다녀도
덩달아 건강해지는 것 같은 착각에 빠진다

매장 휴게실 선반 위에 쭉 늘어선 고사리 풀 한 가닥이
무심히 옷깃을 잡자마자
묵은 필름 속에 잠자던 밤나무 참나무 비탈
이끼 음지에 무더기로 쇠 버린 개고사리들이 우르르
정겨운 풍경화를 선연히 눈앞에 재생시킨다
눈에 익은 들풀에도 마음풍랑 이는
도시 촌닭의 질기디 질긴 곰투가리 짝사랑

너울대는 고사리 화분아래 적당히 배치된 나무벤치와
철제나 플라스틱 식탁에 앉아
다양한 사람들이 간단한 식사를 하거나 차를 마신다
끼리끼리 다른 언어 특색 있는 행색으로 완고한 블록을 만들며
풍요의 한낮에 떠내려간 시간이 출렁인다.

# 가을

장맛비에 산행이 정지된 지도
달포가 지났다
장마 뒤
태풍이 휩쓸어간 자리마다
무심한 가을 볕이 슬프도록 해맑다

긴 장마로 무성해진 풀숲에
유난히 삐쭉 솟은 억새풀무리
채 피지 않은
그 선명한 자줏빛에
마음과 발걸음이 멈칫한다.

3부

# 꽃 그 늘 의 평화

# 두 그루 꽃나무

왕성한 생장력으로나 강렬한 빛깔로
소문 자자한 두 그루 꽃나무
같은 토양에서
같은 시기 싹터서
앞서거니 뒤서거니 비슷하게 자라다가
한날 한 집에 분양된 형제 또는 자매 꽃나무
크기 재질 똑 같은 새 화분에 심겨져
양달과 응달로 헤어졌네
양지에 선 꽃나무는 초봄부터 겨울까지
훤한 신수 호화찬란 희희낙락
음지의 또 다른 꽃나무는 일년 열 두 달
지지부진 설상가상 해충만연 피골상접.

# 작별 인사

바람 센 산등성 비탈 위에
언제 봐도 멋진 소나무 한 그루 있었지
힘차게 뻗어난 기품 있는 몸체에
소싯적 꼿꼿함이 남았어도
버석한 표피가 백 살은 넘어 보였지

지난 번 몰아친 광풍에
안간힘도 소용없는 그 소나무
고단한 뿌리들 반쯤 뽑혀 들려 있네
미련처럼 길가로 삐쭉한 가지 위 초췌한 산비둘기
탄식의 이별가를 부르네

며칠 낮 밤 다시 이어지는 폭풍
하늘 향해 마침내 통째로 뽑힌 뿌리
힘겨운 몸 비탈에 물구나무 섰네
곰삭은 노송 뿌리 위로하듯 가만히 쓰다듬네
수고 했어! 잘 가!

# 방랑의 노래

안개 장막
마음의 빈터에
먼먼 진달래 바위길 꽃샘바람 추운 날
흠 없는 보름달빛 하염없는 뒷마당에 나와
풋사랑의 여운 같은
꽃분홍색 남쪽장미를 들여다본다
예나 지금이나
산골짝이나 도시 하늘이나
밤하늘 별빛 달빛 쓸쓸한 기색은 변함없어라
그윽한 달빛 아래
똘망똘망 고운 꽃잎들
삭지도 증발하지도 못하는 방랑의 노래를
더러는 잊으라 하네
새날을 기뻐하라네
철도 없이 피고 지며
위안을 주는 고마운 꽃 남쪽장미.

# 물보라 무지개

덤프트럭 흙더미에 묻혀왔나
깊은 산중 비탈 언덕에 턱걸이 한 빨간 꽃나무
어린 줄기 버겁도록 바글바글 꽃망울을 터뜨려놓고
무자비한 태양열에 멍 때리기 하고 있다
힘내! 예쁜 꽃나무야!
한여름 등산길
목 축이려고 가져온 물 네게 아낌없이 붓는다

그 후로도 서너 번
커다란 물병 가득 담겨온 물
기갈 깊은 꽃나무에겐
턱없이 초라한 물 한 병
물보라 무지개 아름답던 날들이 너무도 그리운
작은 꽃나무
여윈 가지 파란 이파리 소리 없이 성글어간다.

# 시월

해가지니 달이 뜨고
달이 뜨니 별도 떴다
저녁 철문 굳게 닫힌 놀이터는 쉬고 있다
단정하게 다듬어진 사철나무 생울타리에
대강 걸터앉은 할로윈데이의 음산한 비석들이
하나같이 썰렁한 비문으로
가뜩이나 심란한 행인들을 약 올린다
대낮에도 어둑한 전나무 그네에
때 맞춰 돌아온 세련된 흰 베일 유령이
그네 줄을 움켜 잡으면
태산목 마른 잎새들이 버석버석 발 밑에서 운다
지나가고 존재치 않는 것을 이따금 되짚어보는 계절
찬 바람이 우르르 누런 구아바 열매를 훑고
맑고 쾌활하던 새소리는 며칠째 그쳤다
잠잠하던 처마끝의 애처로운 풍경소리가
마음의 허공을 넓히며
앙상한 계절을 흝는다.

# 은발


아침저녁
현관과 대문을 밝히는 오래된 등불이
자동으로 켜지고 꺼지기를 수십 번

어느 휴일 아침
먼 타지에서 온 이삿짐 한대 그 집 앞에 멈췄다
은발 우아한 할머니도 왔다
단아한 모습이
빈 창가에 활짝 핀 백장미를 닮았다
잔잔한 표정
침착한 언행
연륜으로 다듬어진 단단함이 배어있다.

# 다시마 향기

시간 반만 달려가면 닿을 수 있는
망망한 바다가 멀리 시야에 든다
맘과 몸을 부드럽게 스치는 서풍 때문일까
바다가 보이는 인적 뜸한 산길을 걸을 때면
햇빛 바른 옥상 빨래 줄에서 말리던
젖은 다시마 냄새가 생각난다
옥상 가득 너울너울
비릿한 슬픔 같던 바다 냄새
푸른 멍처럼 가슴에 남아있다.

# 맨흙 밭의 집토기

한 둥지 한 뿌리에 얽혀있는 형제여 자매여
운명 또는 인연의 끈들이여
가뭄 논바닥같이 갈라진 마음 틈새로
벼논의 곧추 자란 피처럼, 잔디밭의 개망초처럼
갈등의 잡풀이 성한 것일까요
두줄 철로처럼
다정한 듯 간격 있는 평행선이 되었구려

짧은 낮잠에서 깨었을 때
퍼뜩 몰려드는 외로움의 잔인한 자각은
크림색 벽과 천장 따위의 텅 빈 느낌이나
소란 속의 침울
철책 안 맨흙 밭에 미동 없이 웅크린 집토끼의
단호한 막힘 같은 현기증이었습니다
볼륨을 조금 높인
'코리아나'의 '손에 손잡고'라는 옛 노래가
가라앉은 원기를 북돋웁니다
고양된 환희와 감동의 울림은 황홀하기까지 합니다
덩그러니 풀밭에 서있던 매화나무는 까맣게 죽었는데
서로 기댄 레몬나무 귤나무는 금빛열매 환합니다.

# 잡초

베고 캐고 뿌리까지 뽑아내도
아슬아슬 숨겨진 잔뿌리로
악착같이 살아남은 잡초가
풀밭 가득
노랗게 예쁜 꽃을 피웠다
아스팔트 틈이나 시멘트 길바닥이나
고목 밑 아무데나 가리지 않고 뿌리내려
파랗게 돋아나 잘도 자란다
가뭄도 해충도 상관없다
탈없이 마냥 번성한다
숱한 스트레스에도 끄떡없고
신경성 질병을 모르는 잡초는
속 편해서 좋겠다.

# 꼬마전구와 가로등


칡넝쿨과 등나무가 헝클어진
혼란스런 하루가 저문 날
뒤숭숭한 가위에 눌리거나
질긴 잡념에 밤잠을 설칠 때
벽 구석의 꼬마전구가 작은 빛으로
큰 어둠을 몰아내고 있다

며칠씩 꺼졌다가 맘 내키면 빛나는
호박 빛 가로등
긴 빛의 파장이 창살에 번쩍인다
마음 속 물기로 베개 잎이 눅눅하다
침묵의 시간을 훤히 밝히는 가로등
의젓한 빛의 파수꾼이 보이는 날은
어둔 밤을 걱정하지 않는다.

# 창마다 커튼을 내리고

창마다 커튼을 내리고
겹겹이 이불을 둘러 쓴다
빌기도 그쳤다

어딘지 모를 컴컴한 들녘
앞을 막는 큰 물결과 뒤쪽 우물에서 넘치는 물이
사납게 엉켜 소용돌이 치는
그 위태로운 경계에 앉아 빨래를 한다
온몸이 비눗물 범벅이다
홑이불과 커튼처럼 커다랗고 수많은 빨래들이
헹굴수록 부글부글 거품이 인다
온통 비누거품투성이 물결 속을
이리저리 맴돌며
떠내려가는 빨래를 잡으려고 애쓸수록
점점 더 멀리 밀려 간다.

# 자귀나무 춤추듯이

힘든 기억들이 기쁜 날을 질투하네
사랑하는 것보다
미움 없이 사는 일이 어렵다네
과거와 현재의
내려놓지 못한 짐들이 연합해서 누를 때
마음 밭의 쓴뿌리가 장마 풀숲 이룰 때
나를 지켜준 내 영혼에게
모든 것이 잘되라고 늘 빌어준
내 모든 삶의 디딤돌과 버팀목들에게
진정 감사하리
도시바람에 집채만한 자귀나무 덩실덩실 춤추듯이
산기슭 맑은 물에 빨간 단풍잎 흘러가듯이
뒷산 소나무 숲에 흔들바람 일듯이
마당 가의 장미향이 스치듯이
쉽게 감사하리.

# 라일락과 겨울 장미

체질에 맞지 않는 건조함은 끔찍한 고역이었어
산 듯 죽은 듯
수년 동안 더운 볕 아래서 시름시름 맥 못 추는 라일락
뒤늦게야 그늘 구석으로 옮겨줬더니
까막까치도 은혜를 갚는다고
겨울철에 두 번씩이나 환생하는 벅찬 보랏빛 기쁨

깊고 풍요로운 다홍빛 웃음
단장한 여인의 머리카락 내음 같은 향기
빛이 그리운 장미는 일조량 부족한 큰 나무 밑이 춥고 싫나 봐
자기 뜰 자기 주인 놔두고
길게 목 뺀 어여쁜 얼굴들
해가 다지도록 볕드는 옆 골목을 일제히 향했다.

# 어느 온화한 봄날

참 온화한 봄날이었다
옥상화단의 귀여운 새싹들을 외면하고
눈 오는 밤이면 순결한 눈 모자 정겹던
크고 작은 옹기 항아리도 버려두고
숨 멎도록 황홀한 벚꽃동산도 뒤로하고
꽃샘바람 잠잠한
어떤 봄날 점심나절
오랫동안 손때 묻은 스테인리스 대문을
조용히 닫았다

저만큼 다가오는 공항버스
떠나는 자와 남겨지는 이가 절절한 눈빛으로
마주잡은 손에 꼬옥 힘을 주었다.

# 누군가는

잔정 없는 누군가는
거리나 시간의 틈새가 있는 동행을 지루해 한다
함께 있어도
다른 시간에 일어나고
혼자 눕는다

속정 깊은 누군가는
농사일로 굽은 등을 가까스로 펴고 서서
마음으로 귀애하는 자가 커다란 여행가방과 함께
길고도 좁은 골목길을 다 돌아나가도록
끝까지 지켜보았다.

# 편백나무숲

당신은 어느 나라에서 왔나요
여긴 너무 더워요
고향으로 돌아가고 싶어요
거긴 편백나무 숲이 있고
늙은 내 언니들이 살고 있죠
며칠 동안 미친 듯이
앞마당의 굳은 땅에 화단을 일구던
왜소한 몸집의 완고한 여인
오가는 길에서
눈인사나 엷은 미소만 짓던 그녀가
어스름 산책길을 막고 하소연했다
......
고향은
누구나 가슴에 품고 사는 곳이랍니다.

# 자목련

파란 잔디 위에 누런 단풍잎을 수북이 떨군
반듯한 초겨울 활엽수들이
조락과 희망을 혼색해 고즈넉한 풍경화를 그리고 있다

'집 팝니다'
인적 없는 빛 바랜 잔디마당에
네모난 세일광고 팻말이 시무룩하다
주인이 놔두고 간 후줄한 털북숭이 개가
어쩌다 얻은 개과자를 물고 울듯한 표정으로 쳐다본다
빈 집의 훤한 창문 가려주며
남쪽으로 비스듬한 자목련 한 그루
섣달 하순에 때이른 꽃망울을 모조리 터뜨렸다
필시 나무도 생각이 있는 게야
얼마나 애타길래
꽃 빛이 저리 짙을까?

# 작은 평화

라벤더 향 촛불이 타는 밤
너울너울 쌍 촛불이 춤추는 밤
멀리서 개떼 짖는 소리
만리타국 밤하늘 보름달빛
적막한들
무슨 상관이랴
고향이나 타향이나
이승 길은 나그네길 아니던가

도수 낮은 발효 술에 시름이 흩어지고
애끓는 선율이 상한마음 쓰다듬네
한 순간 반짝이는 작은 평화 모이고 쌓여
피곤한 귀로에 빛 고운 무지개로 뜨리라.

# 새싹들에게 당부하다


봄 온지가 언제인데
쳐다봐도 가봐도 거닐어봐도
가뭄 든 산천에 봄 기척 감감하더니

넉넉하게 내린 늦은 비에
숨어있던 싹들이 앞다퉈 빈 땅을 점령하네
볼수록 야무진 아기 새싹들
성질 급한 몇몇 맏이들은 어느새 꽃까지 피웠네
터줏대감 토종나무들은 여유롭게 바람결에 나부끼고
산기슭 마른 잎새에서 부스럭대던 산새는
인기척에 놀란 듯 뒤뚱뒤뚱 뛰어가네

귀염둥이 새싹들아
우애 좋게 잘 자라라
마른 강산에 생명의 초록물결 넘치게 하라!

# 산길을 걸을 때면

산길을 걸을 때면
길 가장자리마다 무수히 뚫린
땅굴 마을 생물들이
굴속과 바깥을 수시로 들락날락
길가던 사람 눈과 마주치면 서로 놀란다

쳇바퀴의 탈출구로 택한 여행 길
둥지 떠난 새의 홀가분함과
부담 없는 수수방관자의 자유를 누린다
객지에서 바라보는 감동적인 일출과 일몰
아득한 수평선과 지평선
눈부신 풍광과 첨탑과 떠도는 구름
곳곳에 널려있는 인위적인 놀라운 만상들
하염없이 흘러가는 냇물과 강물과 바다
일정하게 줄 맞춰 자라는 농작물과
들판 메운 풀꽃이며 나무숲을 이룬 산
고요한 달빛
자연에 순응하는 야생동물의 여유로운 모습들이
무거웠던 삶의 노고를 잊으라 한다.

# 고양이가 말을 걸다

땅거미 질 무렵의 산책길
주인을 기다리나
불 꺼진 집 앞에서 혼자 놀던 고양이가
야옹! 나를 부른다
나른하게 마른 몸
흰 바탕에 잔잔한 얼룩무늬 랙돌 고양이
얌전한 외모에 표정이 순하다
쥐는 잘 잡는지 모르지만
인기척만 나면 냉큼 도망이나 가고
집도 못보고 애교도 없고
섬찟한 눈빛으로 노려보는 게 특기인
비호감 족속 고양이가
처음 보는 나에게 인사하는 거니?
야옹아! 이리 와! 손을 내밀자
머뭇머뭇 다가와 부드러운 앞발을 살포시 든다
예측불가 너를 어떻게 믿지?
얼른 손을 감추고 운동화 신은 발을 내밀었더니
경계하듯 야옹이도 몇 발작 뒷걸음질한다
쪼끄만 게 남의 맘을 엿보기는
저 이쁜 줄 아는 고양이.

# 샤론의 장미

타고난 역마살이라는 게 있긴 있나 보다
단 한번도 본적 없는 새 세상을 꿈꾸며
막연히
이래 저래
정든 아버지 집을 멀리 멀리 떠나는걸 보면

산 설고 물 선 땅에 산다는 일
어려운 그 길은
가고 싶다고 가는 것도 아니고
가기 싫다고 안가는 것도 아니더라

주인인지 나그네인지 흐르고 날아가는 세월
진흙 웅덩이 같은 마음의 허방
타국생활 수십 년 노신사는 샤론의 장미를 애지중지 편애한다
그 집의 대문 현관 안방창문 앞에는 분홍 무궁화 나무가 서있다
깊은 산골 어디선가 왔다는 아줌마는 검은 철책 주위에
호박덩굴 들깨 잎만 해마다 줄기차게 심는다
마당 왼 켠에 어우러진 복숭아나무 서너 그루
봄마다 화사한 도화송이들
잃어버린 낙원을 재현한다.

# 겨울나무숲

동쪽 하늘 벌겋게 아침햇살 퍼지니
묵은 슬픔처럼 겨울 숲을 맴돌던 습한 안개
치렁치렁한 그리움 모두모두 말갛게 걷히네
야단스레 우짖는 높은 가지 갈가마귀 떼
노송 표피를 마구 긁으며 장난치는
영악스런 날다람쥐들의 주체할 수 없는 활력이
선잠 깬 산책객들의 느린 걸음 처진 어깨를 부끄럽게 만드네

수평선 너머엔 마지막 낙엽이 지고
가을에 온다던 님 겨울 깊도록 못 오시네
고단한 사랑이여
산새처럼 아주 작은 날개라도 있다면
수천 번 수만 번 그대 향한 날갯짓을 퍼덕이련만

여전히 가꿔야 할 정원과
좋은 시절의 호의적인 추억들이
지루한 마라톤 경주를 격려하네
목소리를 높이며 나부끼며 응원하네.

# 은혜

밝은 햇살아래서만 바라보던
높은 산봉우리와 깊은 계곡은
여명의 푸르스름한 안개에 묻혀있다

몇 발자국 거리에 노루가 뛰어간다
어둑새벽이 밝아오는
첩첩이 가파른 안개 골짜기
목마른 생명체위로 거대한 날개가 돌아가듯
이리저리 골고루 내리는
아침 안개비의 섬세한 흐름과
파란 솔잎에 함초롬한 아침이슬.

# 새에게

뭉게구름 이고 섰던 흰 꽃나무 가지에서
금방 핀 꽃송이보다 더 곱게 노래하던 새야
지는 꽃잎보다 더 슬프게 울던 새야
넌 어디로 갔니?
사랑스런 너의 노래 멈추고
재잘대던 시냇물 잦아드니
냇가의 푸른 잎들도 속삭임을 잊었도다

너 없는 계절에도
동녘 해는 쉬지 않고 서쪽 창을 물들인다
마른 모랫바닥 드러난 개울에
맑은 물 다시 흐르면
정겨운 너의 노래 반갑게 들려오겠지
설움 겹던 나뭇잎들 초록생기 빛나겠지.

# 네모화분

뒷마당 한 켠 다육식물 화단에 모아놓은
예닐곱 둥글고 투박스런 황토화분마다
꼬마 선인장들이 오글오글
작렬하는 땡볕 속에 쑥쑥 자라
아기자기 꽃도 피운다

담장 밑에 오뚝하니 외면당하던
모양 색깔 도드라진 사각화분 옮겨와
개성미 발랄한 선인장 모종을 이것저것 배합하다가
선인장 구역 새 자리 찾아 이리 저리 옮기다가
한나절이 후딱

동그라미 화분들과
끝내 어우러지지 못하는 모난 화분
비범한 것
튄다는 것은
찬란한 고독인지 모른다.

# 꽃그늘의 평화

고운 빛깔 예쁜 자태 보면 볼수록
좋은 향기 맡을수록
쬐그만 풀꽃부터 고목나무 꽃까지
꽃은 결실을 위한 아름다운 축복이다

꽃의 기쁨
꽃그늘의 평화를 바라보며
즐거울 땐 즐거움이 배가되고
맘 상할 땐 쉼을 얻는다

멀고 먼 여로
꽃이라는 향기로운 간이 쉼터 없었다면
항울제요 진정제인 꽃과 꽃 향기 없었다면
목마른 벌 나비의 고단함 같은
심중의 만성피로 어찌 다스렸을까?

# 오후의 기도

철 따라 달콤하던 흰꽃들은
이른 열매 늦은 열매 서두르네
팽팽하게 떠받치던 잎맥들도
푸석푸석 맥을 놓네
부질없는 정한들이 꾸역꾸역
흘러간 강 물결이 문득문득

나를 보내신 이여
나를 기억하소서
지금까지 지켜주신 이도
모르는 길 인도하실 이도 님뿐이오니
세상 길 가는 동안 나를 도우소서
님의 나라 이르도록 나를 인도하소서.

# 더글라스퍼 나무숲

새 아침
올곧고 짙푸른 아시바 나무숲 사이로
우유 빛 안개강물 흘러가네
새 하루
낯설거나 익숙한
나의 시간도 구름 따라 하염없네
천둥 번개
흐린 날의 우울
흐드러진 햇살
광채 잃은 기억의 잔상들이
청산 위의 안개처럼 덧없네

높은 산 층층이
순결한 진주이슬 아롱아롱
고고한 푸름을 감싸는 비단 안개여
청아한 숲의 정기여
늙은 아시바 나무
창창한 아시바 나무
새끼 아시바 나무
위계질서 정연한 더글라스퍼 나무숲.

해 설

# 자연 서정과 자기 기원의 탐색

## - 정양숙의 시세계 -

유성호(문학평론가, 한양대 국문과 교수)

1.

서정시는 진솔한 자기 고백과 확인의 과정을 통해 시인 스스로 자기 탐색에 이르는 것을 일차적 창작 동기로 삼는다. 그것은 대체로 시인 스스로의 회상이나 다짐을 매개로 하여 언표되게 마련이며, 따라서 그 저류底流에는 시인이 오랜 시간 겪어온 절실한 경험 가운데 가장 뿌리 깊은 기억의 층이 녹아 있게 된다. 그리고 그 안에는 시인 스스로 가져왔던 '꿈'의 영역과 실제 경험하는 '현실'의 영역이 때로는 조화롭게 때로는 균열을 안은 채 펼쳐져 있다. 이러한 '꿈'과 '현실'의 변증법이야말로 서정시의 가장 근원적이고 배타적인 창작 배경이 아닐 수 없을 것이다.

정양숙 시인의 신작시집『두 번째 풍경』은, 이러한 '꿈'과 '현실'에 대한 동시적 탐구이며, 시인이 혼신을 기울여 살아온 삶의 기율에 대한 진지한 성찰을 담고 있는 일대 고백록이다. 그녀는 한편으로는 자연 사물에 대한 넉넉한 관조를 통해 사물의 존재 형식에 다가가는 원숙하고도 깊이 있는 시각을 보여주고 있고, 다른 한편으로는 남다른 기억들을 순례하면서 얻게 되는 자기 기원의 탐색 과정을 선연하게 보여주고 있다. 이러한 것들은 세상에 미만彌滿해 있는 속악성에 대하여 시인 나름으로 맞서는 방법으로 나타나고 있고, 그래서 우리가 그녀의 시를 읽는다는 것은 그러한 방법이 이루어내는 시적 긴장에 동참하는 일이 되는 것이다. 다음 시편은 그러한 시인의 순연한 자연 서정을 보여주는 뜻 깊은 실례일 것이다.

> 빙 둘러선 수묵화 빛 능선이 동양화를 그리는
> 허허벌판 한 모퉁이
> 사철 직사광선 줄기차게 내리꽂는 마을에
> 초록빛이 다부지다
> 비도 눈도 구름도 외면한 지대에
> 강한 햇살
> 단비 같은 밤이슬
> 인공적인 물보라가

싱그러운 녹색 옷을 두텁게 입혀 놓았다
집보다 많아지고 커진 나무
푸른 숲에서 숨바꼭질하는 지붕들을 정겹게 품고
사람들은 한결 같은 나무 사랑
나무들은 시원한 그늘로 기꺼이 보답하며
서로 의지한다.
          —「메마른 사막에도 숲은 우거지고」전문

　사실 '사막'과 '숲'은 각각 불모와 생명의 상징으로 많이 원
용되고 있기 때문에, 어쩌면 서로 대척점에 있는 자연적 실
재일 것이다. 하지만 시인은 그 메마른 '사막'에 '숲'이 우거
진 것을 상상한다. 그곳에서는 "수묵화 빛 능선이 동양화"를
그리고 있고, 사철 햇빛만 무성한 마을에 다부진 초록빛이
싱글거리고 있다. 모든 습기가 사라진 곳에 형성된 "싱그러
운 녹색 옷"이야말로, 그곳이 그러한 불모와 생명, 물질과 영
혼, 견고함과 부드러움이 동서同棲하는 곳임을 알려준다. 또
한 그곳에서는 어느새 나무들이 숨바꼭질하는 지붕들을 품
으며 시원한 그늘을 드리우고 있고, 사람과 나무도 서로 깊
이 의지하며 살아가고 있다. 이처럼 이 시편은 정양숙 시인
이 바라보는 세상의 구도構圖를 선명하게 보여주는데, 그것
은 '사막'에 자신의 그림자를 드리우면서 펼쳐진 '숲'을 통해,
"자연이 주는 위안은 완벽"(「행복의 오솔길」)함을 알리는

데 있는 것이다. 이러한 시인의 개성적 사유는, 불모와 폐허의 세계에도 신성하고 숭고한 생명의 숨결이 어김없이 깃들고 있다는 역리逆理를 확연하게 보여준다. 이에 바탕을 둔 명쾌한 사유가 시인의 삶을 구성함으로써, 그녀는 "선한 것은 단순해지는 것이 아닐까"(「목백일홍」)라고 고백할 수 있는 것이다. 그래서 그녀의 자연 서정은 단순성과 역리를 동시에 품고 있다 할 것이다. 다음 작품도 '나무'에 바쳐진 시편이다.

해묵은 벽돌담장을 훌쩍 넘은
고목나무 자잘한 잎새 사이로
붉다 못해 시뻘건 노을 군데군데
뭉치거나 풀어져 있다
저 핏빛 붉음!
가슴이 먹먹하다
소름 돋듯 맺히는 이슬방울 방울
불타는 사르비아 화단으로 또르르 굴러간다
빨강은 복스런 색깔이죠
엷은 올리브색 주택의 진홍빛 현관문이 으쓱댔다
뜨거운 노을 색이 왜 늘 추울까?
닿지 않는 영역에 번져있는 붉은 노을 꽃
진눈깨비처럼 시리다

무슨 맛이 이래?
어떤 이는
맵고 쓰고 달고 상쾌하다는 그 맛을 비난했지만

다른 이는
알싸하게 혼란스런 마른 꽃봉오리에 매혹되었다
정향이라는 이름 때문인지 모른다
찬란한 노을빛의 처연한 아름다움 같은.
— 「정향나무」 전문

　여기서도 "해묵은 벽돌담장"이나 "엷은 올리브색 주택의
진홍빛 현관문" 같은 인공의 사물 반대편에 "고목나무 자잘
한 잎새 사이로" 번져가는 "핏빛 붉음"의 노을과 "소름 돋듯
맺히는 이슬방울"들 그리고 "불타는 사르비아" 등의 자연 사
물들이 배치되어 있다. 그러한 풍경을 뒤로 한 채 "닿지 않는
영역에 번져있는 붉은 노을 꽃"은 시인에게 더없이 알싸한
매혹을 선사한다. 아마도 '정향'이라는 이름 때문이었을지
모른다고 시인은 짐짓 말하고 있지만, 그것은 "찬란한 노을
빛의 처연한 아름다움"에 시인의 눈길이 끌렸던 까닭일 것
이다. 그렇게 "빛깔로 말하는"(「풀꽃」) 자연 사물들 앞에서
정양숙 시인은 삶의 '정향丁香/定向'을 느끼고 있는 것이다.

　이처럼 정양숙 시인은 '나무'나 '숲'을 통해 우리 삶의 배경
이자 도반인 자연 사물들의 아름다운 모습과 그 훈기를 물
씬 전해주고 있다. 일체의 인공적인 것을 넘어, 불모와 폐허
의 흔적을 또한 넘어, 항구적으로 숨쉬고 있는 자연 사물의

가치에 공명하는 시인의 따뜻하고 근원적인 성정이 소중하게 전해져온다. 그리고 시인은 이러한 자연 서정을 바탕으로 하여 진중하고도 깊은 자기 기원의 탐색에 나서게 된다.

## 2.

다음으로 우리가 정양숙 시편에서 확인하게 되는 것은, 그녀가 견지하고 있는 기억의 깊이와 관련되는 여러 형상들이다. 시인은 자신만의 고유한 기억을 재현하고, 그 기억과 힘겹게 싸우고 화해하며, 그 기억을 항구화하려는 서정시의 보편적 욕망을 줄곧 추구한다. 한 영혼의 각고의 기억을 기록하는 양식으로서의 정양숙 시편들은, 우리의 삶이 합리적 이성에 의해 일사천리로 진행되는 것이 아니라 바로 그 이성이 그어놓은 관념의 표지標識들을 때로는 무너뜨리고 때로는 감싸 안으면서 새로운 상상적 질서를 구축하는 과정임을 승인하려고 한다. 그것은 한편으로는 잃어버린 서정시의 위의威儀를 복원하려는 고전적 열망과 깊이 닿아 있는 것이고, 다른 한편으로는 우리가 상실한 가장 종요로운 삶의 지표들을 호명함으로써 한 시대의 불모성과 실용주의적 기율에 대한 항체 역할을 자임하려는 의지를 담고 있는 것이기도 하다. 그러한 기억의 깊이를 보여주는 다음 시편을 읽어보자.

누군가는 처음부터 외로운 별 아래 태어나는 것인지도 모른다.
소심하고 내성적이던 초등학교 저학년 때,
다른 애들은 뛰어 건너는 두 줄 통나무 다리를
무서워 못 건너고 나 혼자만 다리 옆 얕은 개울바닥으로 건넜다.
논둑길이 있는 동산 아래 집에 살던 나는
밤이면 밖에 나갈 엄두를 못 내고 마당에 펴놓은 넓고 뻣뻣한
볏짚 멍석에 앉아 가깝고도 먼 곳에 모여 노는 친구들을
맥없이 바라보거나 밤하늘에 반짝이는 별떨기를 세어보곤 했다.
상심과 불안감과 생 철통에서 타고 있는
생쑥대 모깃불 냄새 같은 슬픔 따위가 많은 형제들 중에 나만
유독 초등학생 때부터 뒷머리에 새치가 하얗던 이유일 듯싶다.
외톨이라는 생각은 어린 나이가 감당하기 힘든 쓰라림이었다.
다행인 것은 울안의 눈부신 개살구나무 복숭아 산수유 골담초
해당화 그리고 예쁜 풀꽃들

(……)

추석 명절이면 가난한 가방이나 보따리에 자잘한 귀향선물을
정성껏 담아 들고 서울서 돌아온 피붙이들이
고향 달빛과 한적한 간이역의 빛 바랜 코스모스를 배경으로
한동안 못 보았던 부모 형제 처자들을 마음껏 얼싸안았다.
　　　　　　　　　　　　　　　　　—「간이역」 중에서

이 작품은 자신의 어린 시절을 다분히 서사적으로 다룬 일종의 '성장 시편'이라고 할 수 있다. 그 안에는 시인의 각별한 성장통痛과 함께 자신만이 간직하고 있는 깊은 기억이 농울치고 있다. 시인은 스스로를 일러 "외로운 별 아래 태어나는 것"인지도 모른다고 하였는데, 아마도 그것은 자신의 삶이 가파르게 외로운 것이었음을 에둘러 말하는 것일 터이다. 아닌 게 아니라 시인은 초등학교 시절부터 소심하고 내성적이어서 모여 노는 친구들을 그저 바라보거나 "밤하늘에 반짝이는 별떨기"를 세어볼 뿐이었다고 고백한다. 그때부터 이미 자신은 "외톨이라는 생각"이 찾아왔던 것이다. 그것은 어린 나이가 감당하기에는 큰 고통이었지만, 그 대신 어린아이는 자연 사물과 함께 벗하는 즐거움을 누리기 시작하였다. "울안의 눈부신 개살구나무 복숭아 산수유 골담초/ 해당화 그리고 예쁜 풀꽃들"이야말로 "사계절 아름다운 자연"이었고, 그 속에서 학교를 다녔던 어린아이는 참으로 아름다운 자연 사물의 기억들을 가지게 된 것이다. 텃밭에 넘치던 야채나 맛있게 먹었던 잡곡밥과 산나물 식단, 논과 도랑에 천지였던 개구리밥이나 물고기 같은 것은 모두 시인의 어린 시절을 채워주었던 호환할 수 없는 존재론적 모태가 아닐 수 없다. 어린 시인은 자신이 비록 사람들과 어울리지는 못했지만 오히려 천혜의 자연 사물들과 한 몸이 되어 살아왔음을 발견하게 된다. 그리고 명절 때 "가난한 가방이나 보따리"에 자잘한 귀향 선물을 들고 돌아오는 피붙이들 역시 그러한 존재론적 기원을 알게 해준 이들이다. 그들을 "한적한 간이역"에서 지켜보면서 시인은 자연과 가족이 얼마나 소중한지를 새겨간 것이다. 그 어린아이가 이렇게 자신의 성장사成長史의 한컷을 아름다운 기억과 회상으로 보여준 것이다.

유명 고구마 산지인 내 고향
초등학생 계집애가 십리 길을 터덜터덜 걸어
학교에서 집에 돌아오면
엄마와 찐 고구마만 있으면 되었다

가을이면 아버지가 컴컴한 윗방에
빨간 고구마 노란 고구마를 섞어 만든
산더미 같은 고구마 노적가리
그 많은 고구마는
가마솥 청솔가지 위에서 파삭하게 쪄지거나
눈 내리는 겨울 밤 질화로 속에서
느릿한 자장가처럼 고소한 군고구마 냄새를 풍겼다
무조건 좋은 엄마가 곁에 있고
밥보다 더 맛있는 고구마가 풍성했던
꽃 많고 눈 많은 농촌의 어린 시절

자연을 친구 삼은 시골아이의 행복은
　　봄 들녘 뻐꾸기 소리처럼 간단했다.
　　　　　　　　　　　　　　　　―「빨간 고구마 노란 고구마」 전문

　이 시편 역시 어린 시절의 삽화적 기억을 담고 있다. 엄마
는 학교에서 돌아온 어린아이에게 찐 고구마를 건네주신다.
"유명 고구마 산지"에서 태어난 시인은 그렇게 엄마의 고구
마와 함께, 아버지가 "빨간 고구마 노란 고구마"를 섞어 만
든 "고구마 노적가리"를 기억 속에 담고 있다. 그 많던 고구
마는 쪄지거나 구워져 "고구마가 풍성했던/ 꽃 많고 눈 많
은 농촌의 어린 시절"을 구성해준 것이다. 그렇게 "자연을
친구 삼은 시골아이의 행복"은 천천히 오랜 시간을 따라 번
져갔을 것이다. 이처럼 '고향'에 대한 정양숙 시인의 기억은
"강 건너 도기 공장 굴뚝 연기가 아름다운 풍경화"(「뚜깔 향
기」)를 이루는 것을 비롯하여, 아름다운 "마음의 풍경화"(「마
음의 풍경화」)가 그려진 흔적들을 환하게 보여주고 있다.
　자신의 '자연'과 '고향'에 대한 기억을 누구보다 강렬하게
결속하고 있는 정양숙 시인은, 그러한 기억의 심층을 바탕
으로 하여 자신의 존재론적 기원(origin)을 찾아나선다. 이
른바 '뿌리 찾기'라 명명할 수 있는 이러한 지향은, 자신의
존재론을 상상적으로 탈환하는 과정을 담고 있는데, 시인은

이러한 과정을 자신의 선험적 신념이 아니라 사물을 관찰하고 묘사하는 경험적 방법에서 찾음으로써 한편으로는 적막하지만 다른 한편으로는 격정으로 가득한 자신의 기원을 그려낼 수 있었던 것이다. 그리고 그녀는 가장 구체적인 사물들을 통해 지난날의 기억을 심미적으로 재현하면서, 우리 삶의 현재형이 그 아름다운 기억을 통해 가능한 것이었음을 섬세하게 노래한 것이다. 그럼으로써 서정시의 본래적 기능이 이러한 존재론적 탐침을 통한 근원 지향에 있음을 증명하고 있는 것이다.

뒤늦은 타향살이가 적막강산처럼 느껴지는 날
햇빛 고운 거리를 따라 걷는다
누군가 성의 없이 길가에 심은 어린 비파나무에
풀밭에 버려진 나뭇가지를 주워
작은 나무 지지대를 만들어주기도 하면서
도심 속 공원마을에 다다른다

그곳에 가면 고향과 타향의 경계가 애매해진다
여기저기 분수 물소리가 시냇물 소리를 이루고
도시 까마귀가 떼지어 날고 다람쥐가 뛰논다
동네 초입 놀이터의 소소한 소음을 제외하면
사방으로 곧게 뻗은 가로수 길이
조용한 산골처럼 한가롭다

멋스러운 초목들의 건강한 품 속에서
복잡한 감정을 조율하고
거칠어진 마음이 윤택해진다
삶의 긴장에서 일정 거리를 벗어나는 시간은
잊어본 적 없는, 한 번도 이별한 적 없는
소나무 동산 양달말 생가에 돌아온 기분이다.
—「두 번째 풍경」 전문

대체로 '기억'이라는 운동은, 서정시가 구현하는 '시간 예술'로서의 속성을 한껏 충족하면서, 인간의 가장 깊고 오래된 근원을 유추하게 하는 유력한 형질로 기능하게 마련이다. 그만큼 기억은 서정시가 오랫동안 쌓아온 핵심 기율이기도 하고, 망각된 것들을 복원하는 일에 심혈을 기울여온 시인들의 경험적 방법론이기도 하다. 정양숙 시인은 이러한 기억을 통해 자신을 가능케 한 존재론적 자기 기원을 이토록 깊게 사유하고 탐색한다. 그렇게 그녀의 중요한 시적 적공積功은 자기 기원에 대한 탐색을 통해 이루어진다고 말할 수 있을 것이다. 시집의 표제 시편이기도 한 이 작품은 시인이 늦은 나이에 바라본 자기 기원의 초상이라 할 것이다. 타향살이가 '적막강산'처럼 느껴질 때, 시인은 "햇빛 고운 거리"를 따라 도심 속 공원마을에 다다른다. 여기서 만난 "길가에 심은 어린 비파나무"는 시인이 "나뭇가지를 주워/ 작은 나무 지지대"를 만들어

주기도 한 어릴 적 자신의 모습이기도 할 것이다. "고향과 타향의 경계"가 분명치 않은 그곳에서 시인은 조용한 산골처럼 아늑한 분위기를 맛보는데, 자신의 감정을 조율하고 윤택하게 만들어주는 그 풍경 속에서 "삶의 긴장에서 일정 거리를 벗어나는 시간"을 경험하는 것이다. 그 경험은 어느새 "잊어본 적 없는, 한 번도 이별한 적 없는" 자신의 생가를 떠올리게 해주고, 여기서 '양달말'이라는 아름다운 고향의 품이 '두 번째 풍경'으로 다가오는 것이다. 고향은 그렇게 아름답게 남아 "산천도 꿈도 여전히 젊은"(「영원한 우정」) 풍경으로 각인되고 있다. '고향'으로부터 전해져오는 그 "부드럽고 미세한 떨림"(「겨울 비와 겨울 달」)이 바로 정양숙 시인의 가장 깊은 존재론적 수원水源으로 존재하는 것이다.

정양숙 시인은 이처럼 고향이나 어린 시절에 대한 각별한 애착과 섬세한 기억을 한결같이 보여준다. 이때 우리는 성장 과정에서 빚어진 상처와 내적 어둠을 매우 예민하게 들려주는 시인의 감각을 접하게 되고, 나아가 서정시의 오래된 본령인 경험적 실감의 중요한 사례를 만나게 된다. 말하자면 시인은 오래되고 구체적인 기억을 통해, 현실에서 벗어나 자신이 고유하게 경험한 시간으로 귀환하려는 의지를 한결같이 보여준다. 외따로 떨어져 있던 사물과 사물, 시간과 시간 사이에 일종의 유추적 연관이 형성되는 것도 이러한 기억의 매개가 있기 때문일 것이다. 그러한 기억의 매개가 적극적으로 작용하면서, 우리는 자연 서정과 자기 기원의 탐색이 결속하는 심미적 순간을 만나게 되는 것이다.

## 3.

다음으로 정양숙 시편이 추구하는 미적 권역은, 숭고함으로 가득한 생태 지향의 사유와 감각에 있다. 이러한 속성은 서정시가 자기 탐색에 머무르지 않고 가장 궁극적이고 형이상학적인 실재에 다가갈 수 있는 가능성을 시사한다. 따라서 그 안에는 '서정'의 가장 본원적인 형식과 내용이 빼곡하게 들어차 있고, 마치 시인이 '사막'에서 '숲'을 상상하고 있듯이, 새로운 길을 찾아가는 나직하면서도 단단한 시인의 목소리가 가득 울려온다. 그래서 정양숙 시인은 우리에게 아름다운 기억으로 새로운 길을 찾아가는 방법과 함께, 건강하고 아름다운 생의 역성을 보여주는 것이다.

놀라운 야생의 지구
절대 개발 금지 지역 강가나 풀숲에

덩치 큰 들짐승들이 여유롭게 거니는
거대한 화산지대
유황으로 누렇게 변색된 대형바위 화산구에서
뿜어 나온 유황연기가 넓고 길다랗게 바람결에 퍼져간다
또 다른 곳에선 암반 밑의 펄펄 끓는 수증기를
규칙적인 간격으로 하늘 높이 분출시킨다

숲 속이나 호숫가나
아름다운 코발트블루 웅덩이나
진흙웅덩이나 팥죽처럼 펄떡대는 웅덩이나
노랑 청동 쪽빛 흰빛 어우러진 추상화 웅덩이나
끓어 넘치는 용암들이
유황 냄새 나는 수증기를 끊임없이 피워 올린다
연기처럼 하얀 김이 이리저리 날리며
병든 짐승을 치유시키고
아픈 사람을 치료한다
살아있는 유황 안개가 끝없이 번져
여행객의 노독을 몰아낸다.

　　　　　　　　　　　　　　　—「야생의 지구」 전문


　시인이 발견한 것은 한마디로 "놀라운 야생의 지구"이다. 이 야생성은 태고의 가치가 훼손되지 않은 것이고, 신성한 손길이 머물러 있는 것이기도 할 것이다. 그것은 "절대 개발 금지 지역 강가나 풀숲" 혹은 "거대한 화산지대/ 유황으로 누렇게 변색된 대형바위 화산구" 같은 곳에서 자신을 선명하게 증명한다. '숲'이나 '호수'나 '웅덩이' 등이 모두 이러한 '야생의 지구'를 구성해가고 있고, 특별히 끓어오르는 용암이 내뿜는 유황 연기가 하나같이 치유의 능력을 발휘하고 있다. "살아있는 유황 안개"는 여행자들의 노독路毒을 풀어주면서 그들을 평화롭게 만들고 있다. 이처럼 "의젓한 빛의 파수꾼이 보이는 날은/ 어둔 밤을 걱정하지"(「꼬마전구와 가로등」) 않듯이, 시인은 야생성의 치유 능력이 남아 있는 지구를 발견하면서 그 과정에서 깊은 감동을 받고 있는 것이다.

우리가 알고 있듯이, 모든 사물은 일정한 시공간 속에서 존재하다가 그 물리적 유한성으로 말미암아 결국은 사라져간다. 곧 어떤 사물이나 현상도 그저 순간적으로 존재했던 것에 지나지 않는다. 우리가 항용 말하는 '영원성'이, 시간적 구속이 없는 지속성을 뜻하는 것이라 할 때, 영원한 것은 하나도 없는 셈이 된다. 따라서 우리에게 '영원성'이란, 사물이나 현상에 대해 부여하는 상상적 존재 형식일 뿐이다. 정양숙 시편은 이러한 영원성에 대한 불가피성과 불가능성의 갈망을 통해 서정시가 본래적으로 가지는 근원 탐구의 속성을 보여주는 범례範例로 다가온다.

보고 또 보아도
경이롭고 수려한 시온 산
태곳적 신비의 감동 앞에서면
문득 할 말을 잊는다
무슨 말로
어떤 시와 노래로 감히 표현하랴
창조자의 숨결이 느껴지는 곳
웅장하고 기기묘묘한 사암 병풍 계곡을
천천히 돌아나갈 때
때맞춰 울려 퍼지는 천상의 노래
카치니의 아베마리아
신의 솜씨는 이토록 위대하고
예술은 보석처럼 아름다워라
겸허하고 간절한 기원
감동스런 찬미의 노래가
하얀 구름 위를 걷게 한다
'천국이다!'
웅대한 신의 정원에 빛나는
저 맑고 부드러운 오후의 햇살처럼
오염되지 않은
원시의 향취에 압도된다.

—「시온 산」 전문


정양숙 시인이 궁극적으로 가 닿은 곳은 "보고 또 보아도/
경이롭고 수려한 시온 산"이다. 여기야말로 종교적 감각에
의해 해석되는 가장 성스럽고 "태곳적 신비의 감동"을 가져

다주는 공간일 것이다. 할 말을 잊게 하는 감동 속에서 시인은 "어떤 시와 노래로 감히 표현"할 수 없는 장관을 재현하고 있다. "창조자의 숨결"이 느껴지고 "때맞춰 울려 퍼지는 천상의 노래"까지 있는 곳에서 시인은 "신의 솜씨"를 예찬하면서 "예술은 보석처럼 아름다워라" 하고 감탄한다. "겸허하고 간절한 기원/ 감동스런 찬미의 노래"가 한데 어울리면서 시인은 "웅대한 신의 정원에 빛나는/ 저 맑고 부드러운" 햇살처럼 "오염되지 않은/ 원시의 향취"에 빠져 있는 것이다. 이렇게 시인이 "진이 빠지도록 찾아 헤맨 에덴"(「솔바람 소리」)은 간절한 기도와 신성의 숨결이 살아 있고 인공과 오염이 존재하지 않는 곳이다. 마치 "푸른 멍처럼 가슴에 남아"(「다시마 향기」) 우리의 존재를 가장 신선하고 궁극적인 곳으로 안내하는 종교적 상상력이 거기 펼쳐지고 있다. 이 점, 자연 서정과 자기 기원 탐색의 의지를 통해 가 닿은 정양숙 시인만의 실존적 거처가 아닐까 한다.

지금까지 우리가 읽어왔듯이 정양숙 시인의 신작시집『두 번째 풍경』은, 우리의 기억과 경험 속에 가라앉아 있는 시간의 흔적들을 통해 자기 기원을 탐색하는 정성과 열의로 가득 차 있다. 우리가 잘 알듯이, 일상에서 우리를 가장 강하게 규율하는 것은 '시간'이다. 우리는 '시간'의 불가역성不可逆性

속에서 살아가기 때문에, 오직 기억의 재현 작용을 통해서만 시적 현재를 구성할 수 있을 뿐이다. 정양숙 시편들은 일견 무의미해 보이는 이러한 '시간'을 충일한 의미로 되돌리면서 자신의 섬세하고도 충실한 기억의 양상들을 보여준다. 그 기억 속에서 정양숙 시편들은 가장 역동적인 모습을 보여주면서, 자연 서정과 자기 기원의 탐색을 완성하게 된다. 그리고 우리는 그녀가 추구하고 탐색하는 궁극적 거처가 형이상학적 충동을 담고 있고, 궁극적으로는 인간 본래의 존재 방식에 대한 철학적 성찰을 동반하고 있다는 점을 적시摘示하면서, 그 세계를 주목하지 않을 수 없다고 부가적으로 말할 수 있을 것이다. 어찌 귀한 세계가 아니겠는가.

# 두 번째 풍경

| | |
|---|---|
| 초판 1쇄 인쇄일 | 2015년 3월 5일 |
| 초판 1쇄 발행일 | 2015년 3월 6일 |

| | |
|---|---|
| 지은이 | 정양숙 |
| 펴낸이 | 정진이 |
| 편집장 | 김효은 |
| 편집/디자인 | 우정민 김진솔 박재원 |
| 마케팅 | 정찬용 정구형 |
| 영업관리 | 한선희 이선건 |
| 책임편집 | 우정민 |
| 표지디자인 | 박재원 |
| 인쇄처 | 월드문화사 |
| 펴낸곳 | 국학자료원 새미 |

등록일 2005 03 15 제25100−2005−000008호.
서울특별시 강동구 성안로 13 (성내동, 현영빌딩 2층)
Tel 442−4623 Fax 442−4625
www.kookhak.co.kr
kookhak2001@hanmail.net

| | |
|---|---|
| ISBN | 979-11-954640-4-3 *03800 |
| 가격 | 8,000원 |